JN025571

ふたり
は
ひとり

西尾勝彦

七月堂

西島麦南

ふたり
旅
ひとり

十月堂

ふたりはひとり

古庭の草原
パンと
珈琲の匂い
光にとけて

春の帽子を
みにいきましょう　と
あなたはいった

やがて
夢の涯てとなるような
野原へ
あなたと歩いていった

そっと
ふくらむ空気に
ほほえむわたし

春が帽子を
かぶっている

わたしたちは
手をふれあって
いつまでも
ながめていた

わたしは
あなた
あなたは
わたし

散りゆく
花びら
ふたりは
ひとり

この
ピアノの音

生まれた日を
思い出させるような
ぬくもりと
れんげの
花畑のような
なつかしさ

高野川で
鴨たちを
ながめて
旅がはじまる

風光る
休日なのに
あなたは
ひとり
出かけてしまった

玄関には
わたしの
靴だけが
ねむっている

珈琲を淹れ
トーストを
ひとりで食べる

なんとなく
窓のそと
光の粒子を
みつめていると
あなたからの
言の葉が
こころの泉に
そっと
響いた

わずかに
からだ
宙に
ういているね

野に広がる
しろつめ草
蜜蜂を
隠している

あなたは
この世に
なじめていないので
ここに
呼ばれたような
気がしています

お湯は
ゆっくり
沸かしてください

初夏の
純粋
空に
流れる

雨になる朝
わたしたちは
森を歩いていた

雨音は
くすくすと
笑い声のようで
このみちは
異なる文明に
通じている

あなたは
いつもの木に会い
目をつむって
話しかけている

わたしは
森に
すべてを
みつめられていた

時空が
ふと目覚め
あなたは
木の中にとけていった

看板を
落とした喫茶店
ひとり入る
昼下がりの
淋しさ

わたしのなかに
親しい
死者がいて
わたしを
動かす

月草の青
その色で
満たされた町が
どこか遠くに
あるという

古さびた
小径のアスファルト
しずかに
夏がつもっている

あなたが
避暑地に選んだのは
緑にねむる
路地奥の喫茶店だった

温泉のような
珈琲の
ぬくもり

なすべきこともなく

ふたり
しばらく
ふやけていた

空から
白い花が降ってくる
明日

ほんとうの
あなた
に見えるようなひとも
かぼそい
かみさまの幻　と
あるひとが
そっと
教えてくれた

店のひとは
素足にサンダル
シャツは裏返しのまま

どこか青く
白い町を
歩く

足元から
かすかな
水音が
きこえてくる

木漏れ日をゆらす
そよ風の波

あなたは
みえないものたちに
ほほえみかけている

わたしは
少しずつ
遠ざかりゆく
あなたをみつめる

ほのかな光
と
すずやかな匂い

枇杷の種を
蒔いた
忘れた頃に
土のふくらむ
淋しさ

わたしより
あなたの方が
やや
あぶなつかしい

葛の花
闇に隠れ
虫の声
野にみなぎる

紫苑は
咲かず
月影に
うかぶ窓

ここは
どこでもない場所

眠っている
あなたのやすらぎ

もうすぐ
夜明けがはじまる

北白川の疎水路
相変わらず
ほろほろと水面（みなも）
まぶしい

藤棚の憩い
おばあさんと
すずめたち

庭の隅
白い十字架が撒かれ
光さす
何もいうことは
ない日

挽いた珈琲豆の
ふつふつと
ふくらむ午後

かみさまも
眠っている

夕暮れの
ふるえる赤さに
わたしたちは
言葉をうしなっていた

燃え落ちてゆく
たそがれの沈黙

わたしは
あなたの背中に
ちいさな翼が
生えはじめていることに
気づいた

みえないものたちの
かけら
この世界を
しずかに
ささえている

紺色の夜
白い小鳥に
話しかけるのは
やめてください

ミズナラの葉が色づく頃
あなたは
ぐっすりと
ねむりこむ日が多くなった
流れゆく時間さえ
ぬくもっている

ふたり
起きていても
なんとなく
ねむっているような日々
あらゆる境界が
うっすらと
みえなくなっていった

しかたがないので
わたしたちは
ある部分を透明にして
意思を通じあっていた

……ちょっと歩いてく……

……はい……

そして
わたしは
あなたの木に
会いに行った

藪の奥
カラスウリの曲線に
永劫の流れゆく

ちいさな本屋
棚の石ころ
きっと
天使のような
ひとの
忘れもの

死んだひとに
別れを告げても
この空に
まだ生きている
かなしみを
忘れて

ひとり
初冬の森を歩く

岩かどの囁きが
かすかに聞こえる

花もなく
紅葉もなく
曲がりくねるみちの
懐かしいやさしさ

あなたの木は
透きとおった
香りを放って
わたしを

待っていてくれた
見上げると
ちいさな
ちいさな水の粒子が
ひらひらと
光り降りる

苔に
つつまれた
あなたの木
手をふれて
目をつむる

ストーヴの
青い炎
師走の夜を
照らす
銀河となる

一乗寺への
巡礼
会いたいひとに
会えず
もそもそと
蕎麦を食う

冬の雨は
なにも
聞こえない
あなたは
どこかしら
夢みている

すこし
元気をとりもどした
あなたと
庭で
たき火をした

クヌギや
ミズナラの
落ち葉、木ぎれを
集めて燃やした

わたしは
耳をすます

ぱちぱち

めらめら
ぷちぷち
しゅうしゅう

火の色に
あなたのこころ
うつる

森の奥
ひとしれず
椿の花
落ちゆく淋しさ

わたしの声が
きこえますか

白い火を
灯して
一緒に
うたってほしい

ふたり
ほんとうに
生きること
夢と
うつつの
あわいで

クヌギの
影がのびてゆく
夕暮れのうすい光に
手を合わせる

朝
目覚めると
雪

庭が
陽をうけて
ほのかに
光りはじめる

あなたと
わたしの
足あと

ふたり
はしゃいで

ころがる
そして
ふふっと
キスをした

弱々しい
朝の金色(こんじき)に
祈りをこめて

湿り気を帯びて
ぬくもる大気
わたしたちは
傘もささずに
歩いていた

うす絹色の舗道に
春雨の
ふるふる

ハルニレの木陰
休んでいると
あなたの肩に
小鳥がとまる

あなたの翼
白くふるえる

わたしは
すべてを忘れて
あなたをみつめていた

ふたり
ゆっくりと歩きはじめる

春色の
足音がするね
あなたはそう言って
ほほえむ

空から
あわい光が
降りてきました

ふたりはひとり

二〇二一年三月二一日　発行

著者　西尾勝彦
装画・挿絵　小川万莉子
装幀・組版　川島雄太郎
撮影　菊井崇史
発行者　知念明子
発行所　七月堂
〒一五六－〇〇四三　東京都世田谷区松原二－二六－六
電話　〇三－三三二五－五七一七
FAX　〇三－三三二五－五七三一
印刷・製本　渋谷文泉閣

Printed in Japan
ISBN978-4-87944-441-7 C0092 ¥2000E